JN258554

NEVER ALONE

プロローグ

遠い祈り

遥かに　遠く
はなれているから
だからこそ
わかることがある

だからこそ
はっきり
見えることがある

険しい道を
選んだあなたへ

片隅から
幸多かれと

心をこめて
祈ります

Never

ふるさと遠く　こころ千切れて
日付のはざま　震えていても

大切なひとが去り
透明の空洞だけが
涙の夜の証しだとして

それでも　あなたは　弱くない

思い出すべて
勘違いだった
自己満足でしかなかったと

思わなければ
息すらつけない　今夜だとして

あの日　ちちははに　友に誓い
心臓の裏側に
えぐり刻んだ
大切な想いがある限り

あなたは　必ず立ち上がる

悲しいことも多いだろうが
音のない　こころの戦い
そのすべて

此処じゃない　どこか
今じゃない　いつか

大切なあなたが
笑顔になるためにある

溢れ出す　孤独の深さが
あなたを　必ず強くする
あなたは　必ず強くなる

目次

プロローグ

新しいはじまりに

曇りのち輝き

祈りにのせて

生きとし　生ける

想いの丈の柱の傷は

見送る背中と

新しいはじまりに

ほしのこども

社会は求める
今の自分に　意味を探しなさい
今の想いを　追求しなさい
今の世界に　追いつきなさい

メディアは
競争力だとか　国際化とか
たきつけてくる

従ってなお
ヒトひとりの運命は
完成には遠いのに

だからみんな
これほどに苦しいのに

不完全さと向き合って
それぞれの良さを集めて
つながること　つたえること
だからこそその学びだ

自分の外にある
大きな生命
その存在に頼る

そんな知恵を
語る人は少ないけれど

どこまでも　いつまでも
ぼくらは
地球のこども

こころしずかに
ほしの声を聞け
必ずそこに答えがある

名無し　no name

アスファルトを割って
スミレが金紫の花を咲かせた４月

花の名が浮かぶ先から
こころは　見ることをやめ

その名前が浮かぶ先から
こころは　光を見失う

まぶたは
ひらいているのに
何も入ってこない

この今を捉えずに
決して　見たと
してはならぬが

流れる日常は
その大事な違いすら
あたりまえの顔をして　押し流し

日々から　冒険を
容赦なく　奪い去るから

明日の朝
まだスミレが咲いていたなら

名を忘れ　ただ
見つめていこう
その先を

そのほうが
よい１日

サイレンスの響き

耳に雑音　あふれると
本当の音は姿を隠す

無音のスキマに　棲む音は
沈黙を頼りに
影だけを　のぞかせる

見えない風が
葉を揺らすように
聞こえない音が
エコーとなり

空白が
こんなにも
強いものだと
恫喝《どうかつ》がこんなにも
弱いものだと

いたずらに　言葉を
重ねても
なにひとつ
生まれてはこないのだと

あたりまえに
わからせる

正直で自然な音を
グチャグチャにした
ヒトの傲慢にも
1ミリも折れることなく

水っぽい奇跡

きれいな水が
毒に触れるとき

邪悪なものに
触れたとたん

害毒を包み込む袋のような
おおらかな隙間をつくり
不幸な中毒者の病を払う
奇跡となる

そんな不思議があるという

少しの毒を混ぜたとき
水が毒を抜くうつわに変わる

ほんとかもしれないし
うそかもしれない

けれど
わたしは
旅立った
大切なひとの残した
空間の奇跡

こうして
幸せに眺めているから
奇跡水の話も
信じたい気分だ

脳の裏切り

脳が　ひとを裏切る

からだのために　ならないことを
悪意があるかのように
ひとに命令するのだという

正しいことを行えないのは
自分が弱いせいだとばかり
信じて責めて生きてきたけど

脳自体がそんなふうなら
話が違う

心を裏切るものだとしたなら
受け入れて扱うだけでいい

信じすぎないこと

脳からの理屈だけが正しいと
思い込まないこと

そういう　扱いが
ふつうでいいんだ

たとえ自分が間違ったとして
決して傷つく必要はない

ただ
その内面の敵と
共存すること
うまくやること

それだけのことだ

ミスリードする
リーダーの皮肉

この国と同じだ

捨てられない想い

もし　みんなが
ここで　大人が
あきらめたなら

戦争という人殺しを行うために
大事な子や孫を送り出すこと
許してしまったら

かつて全てを苦しめてきた
勝者のない混乱と触れれば血を流す傷
再び歴史の表面に残す愚行を
いまここで認めたとしたなら

あの戦争のあと
原爆を落とされてなお
生きることをあきらめず
アメリカに尾を振る
日本を許し

治るあてのない病に対し
いまでも　この瞬間でも
いのちの戦いを続けている
その人たちに
申し訳がたつのだろうか

人知れず　悔し涙をかみしめながら
この世を去った若者たちと
その写真を握って　叫んだ母に
申し訳がたたないのでは
ないのだろうか

明治の戦の思い出すら
今でも　あんなにも
残酷さを刻み付けているというのに

変相（トランスフォーム）

いきることは　いつでも
同じ愛とつながっている
そう信じていた

母が
抗がん剤に殺された明け方ですら
少女のような笑顔と感謝で終わり

病室ですら仕事をしていた
父が　妻追いの背中で
「ああ　ここから幸せだ」と言って去る

どんなに悲しい風景にでも
等しく　愛はあったのに

ある日突然はらわたの底
愛は　そのカオヲ変えはじめた

50歳6ヶ月
皺が黒ずむ掌上で
愛情が　動きを止め
質　硬さ　全て変わった

不気味な停滞
頑迷な悪寒と
否定の先の夜の連なり

昼に闇　夜に病むという
連鎖回廊

それでも　やがて　ちちははの声

懐かしい伝言

「ホシノアイハ　ソウイウモノダ
ヒトノアイモ　ソウナルサダメダ」

珪素をまとった進化樹の微笑
四十五億の和音

不可逆な変相は　こころの純化へ
偽りの上澄みを削りだし

ヒトガタの終幕は
漸近線の果ての無限軌道

愛情の結晶は　不動態として
三番惑星の時間軸にささったまま
深く　沈殿していく

曇りのち輝き

美神の帰還

若さと美に溢れ
約束に満ちた
未来の入り口

ほんの一歩
進んだところで
白血病を病んだ女優

すぐに
名を聞くこともまばらとなったが

父が　同じ病で去ったころ
そのひとは
あたりまえのような笑顔で
世界に戻り

迷うことなく
イバラの路を踏んでいた

からだひとつで素足のままで

頼るものひとつない
華やかな世界の　ど真ん中を
進んでいく

がんばれ　吉井　怜さん

失われかけの
いくつもの希望のためにも

本物は勝つ

ものまねのひとたちが
じぶんを
おもしろおかしく
まねするステージ

うしろから

にこにことしながら
ゆきさおりさんが
あらわれた

予定どおりに驚くひとたち

尊敬のない　うすいどよめき

気の毒な仕事だ
おもった刹那

彼女の全身から
すみきった
音が流れ出した

数十秒

安っぽい同情や
悪ふざけなど
ひとまとめに吹き飛ばして

本物は静かに
その勝利のステージを降りた
彼女の日だった

さんがつ　じゅういちにちのこと

さんがつ　じゅういちにちのおもいが
ここまで　ふみにじられ

景気という札束で
頬なでられて

絆ということばさえ
みみにすることすら　減ってしまった

そんなきょうだからこそ
改めて　おもいえがこう

あの寒かった夕方のことを
政治があんなにも頼りなく
地元のひとりひとりが
あれほどにも
勇敢な存在感を示した日々のことを

そして　かんがえよう

なにが正しかったのか

もういちどあれがおこるまで
日本は　かわれないのかどうか
嘯《うそぶ》く政治家モドキの後ろ
原子燃料は容器の底で

熱を噴出し続けながら
なにひとつ　わからない
かいけつしていないだけの
今だからこそ

戦争をしらない

戦争が終わって僕らは生まれた
そんな歌がありました
そんな　キモチでいきていました
責任がないのだと
軽い気持ちでいました
でも

あそこから
一秒も戦争は止まっていない

血の海は乾く間もなく
ただつぎ足され　深く

くだらない理由だけを集めて
新たな争いが
次々と　はじまっていた

知らないわけじゃなかった

遠い国だから　知ろうとしなかっただけ

目をひらけば　簡単に見える真実を

知らないふりをしていた
呆けていただけなんだ
こんなにも戦争が近寄ってくるまで

そうだね

そうだ　もう一度　旅に出よう
北海道へ　いきたいんだ

病床の父が　静かに
言っていた
ふと　そんなこと　思い出した

思うようにならない体と
重くなるばかりの心なんだが

それを抱いて
誰もいない　野山で
みえないなにかとひとつになろう
必ず　何かが答えてくれる

そういっていたのに

医者は無理だと止めたけれども

連れていってあげれば　よかった

とり残された悲しみが
言葉に乗って
今になってしみ込んでくる

美の分類

3つの美がある
そんな気がする

1つは
ことばにならない瞬間の美
うまれつきに
感じる喜び

2つめは
ことばがつなぐ発見の美
求め探ることで
伝えることができる　先の風景

３つめは
この社会では
受け入れることが
自然となってる
定理の美　評価の美

最も自由に近い
１つめの美にふさわしい
そんな　ことばを見つけること

それが　いまの
夢のカケラ

祈りにのせて

イエスの復活

記録は伝える
復活に立ち会えなかったから悔しくて
そんなこと　信じないといった
弟子の一人は　８日間も待たされた
うそだと思いながら
あきらめきれずに　弟子は待った
７日目にあきらめてしまえば
見られなかった奇跡は

まえぶれもなく8日目に示された

彼の前で　イエスは
自分の手のひらの傷と
横腹にあいた穴に
指をいれさせた

彼がどこかで
そうしなければ　信じないと　いったから
はじめから　全てわかっていた　キリストは
怒ることなく
見捨てることなく

ただ　8日間待たせてから

すべてを彼の前に明らかにした
そんな　計画だったのだ

真実が明らかにされるまえ
必ず　ひとは試される

大晦日にたずねたときには
もう　行方不明だった
大きな　おおきなＫさんの体は
３ヶ月　ずっと隠されていた

ケイサツが大勢で　さがしても
見つからないほどに
隠した天使が　待っていたのは

神の栄光が現れる
イースターサンデー

復活の証明と
Kさんが主とともにある
そのことを　人に
知らせるため

しるしが無いと
心細くなる
不信仰な私たちのため
あの弟子を待たせたように
待たせていたのだ

さようなら　Ｋさん
お世話になりました
ありがとうございました
どうか　天国で
ちちははを　お願いします

未来に願う

安全なはずの通学路
小学生の列に車が突っ込む

さまざまな場所で
数日とあけずに
起こってしまった事故の数々
キケンドラッグ　飲酒運転

両親家族の悲嘆だけが
薄い画面の表層を流れる

子の手を握ったまま　巻き込まれた

妊婦の写真は　幸せに笑っていたという残酷
その家に立つ3つの墓標
負うのは誰か

負わねばならぬ
負わねばならぬ

父一人にはオモタスギルが

それでも　負わぬは　あまりにも　あわれだ

負わねばならぬ
負わねばならぬ

たとえ　世界が忘れようとも
負わねばならぬ

遠くから　その力尽きぬこと
それだけを　祈るばかり

Faith

かずおおくの
りっぱなひとや
たいせつなひと

つぎつぎとつれだって
天に旅立つ

それは
しるし

どこかに
特別な場所がある証し

旅立ちのビジョンは
死からはじまり

わたしたちには
希望がつながる

ひとには等しく行く先があり

あんなにも
素晴らしい人たちが
旅立つにふさわしい場所が
用意されているという

そんな確信

生きとし　生ける

ペンギンの母

ペンギンのツレアイは
一生不変と聞いていた

その意味も考えず
ゆるり　ゆらりと　夕餉時

画面には　オスに先立たれ
天を見上げる　ペンギンのメス

水すら口にせず
弱るヒナに　なにもあたえず
望みは　ただ命を削ること

いるはずの姿が　そこにない
ならばすべてを間違いとしたい
そんな風景

30秒ＣＭ３本越えて　５日後の朝

彼女は飼育係に呼びかけ
ふるえるくちばしで　魚をねだり
鳴きつかれた子どもたちにそっと与えた

人生最後の２匹を
巣立たせることにした

その理由《わけ》　知るすべもないが

そこには決意があった
いきものには　まちがいなく
こころがあると知った

そんな　夜もある

さくら色は夜を待つ

夕陽　落
橙　揺
春風
緑　揺

さくら　桜色
影　揺

紫墨　夕闇
地平線

さくら　白
十五夜

つきのひかりの
　白魔術
ヒカリに隠して
イロ　閃《ひらめ》かす

輝きに色
包まれて

夜更けに桜色戻るまで
黒天を背にした奇跡

４月の風景

とうさま　かあさま

「サクラ　花びら
はらはら　ひとひら
手のひらめがけて
落ちてキマシタ」

黒髪と赤ランドセル
入学姿のキミがいて

手のひらの上
はだいろ　ももいろ

ストロー先の水玉
落としてみせての
半球占い

いにしえの衣の君が
虹さかしまに映され消えて

亡き祖母と
同じ笑顔の美しさもまた
なないろひとえの
並木トンネル

トキ過ぎて
あたらしい4月
大学へのサクラの道も
輝きに

アシカはどっちだ

大洗　水族館
3階
エトピリカを過ぎ　アシカ数匹
なんだかモゴモゴ話してる
あっちのアシカが　てりびにでだど
珍百景だど　いわれでる
おりにはかんけいないこどだ

だがら　壁の隅　はりついて
ぜってえ　だれもみえないところで
夏休み中　フテネしでやる

フテネ　フテネ　フテネのフテネ

フテネフテネフ
デネブ　ベガベガ　アルタイル？

天の川まで　もうひと眠り

美蟹

ヒラヒラ細工が身についた
カニはサンゴのあいだを抜ける

脚に輝く
パステルグリーン

自慢の
ひとあし　また　ひとあし

そろりそろりと　階層を渡る

砂地に下りたら　こちらにアピール

すかさず　魚が狙って駆ける
はやく　もどれよ　さあ　はやく

紛れるための　華麗さと
見せびらかしたい　誘惑と

揺れる想いは
海藻のはしに絡ませて
ＧＷの人並みにゆれる

びゅーてぃふる　らいふ

誰がために成す

うまくいったら
自慢の種で
だめになったら
関係ないよと
しらんふり

誰のため　何のため

見栄えが良くても　悪くても
えらいひとが
ほめようが　けなそうが
すべて一瞬の風

入試だから　失敗もあるけど
成長があれば　それでいい

なのに
大学合格英雄扱い
落ちれば　失敗　罪人扱い

大人の茶番

誰のため　何のため

生活のためと
ひらきなおるには重すぎる責任

生徒ひとり
平気で見捨てて
何の仕事だ　何のプロだ

もしも　その子が
自分の子でも
同じ言葉を　口にするのか

鉄砲

かつて　この手に
小銃を持ったことがある
その重さ以上に
手のひらが震えたのは

それが
分不相応に強いから

命が命を殺めることを
あたりまえに許す
不公平な道具だったから

そして

1週間後に
その銃口が
私に向けられた

単純な勘違いだと
たしか　その外国人は
言っていましたがね

目は決して
わらってはいませんでしたよ

想いの丈の柱の傷は

その前に

いじめをしている
子どもたち
よってたかって　せめる前

大人の
弱いものいじめ
やめてみないか

仲間はずれへの
薄ら笑いをやめてみないか

いない人への
容赦ない非難をやめて

テレビ画面いっぱい
ひとりの人間を
弄り回すあそびを
やめさせないか

いじめでしか
自分が確かめられない
そんな幼い心のために

いまこそ手本をつくれ

秋台風

週末に台風がくるのが
あたりまえになった　10月

雨風が風景を
ごちゃごちゃに
かきまぜて

季節も風情も
ふきとばす
獰猛な台風でも

一《いっ》過《か》の夜には

ひときわ
虫の声が
よく響く

高音が
美しくなり
確かに余韻が
深くなる

それもまた
よのなかの
決まりごとで
あるかのようだ

将来に

将来に望みがもてないと
先が全く見えないと
アンケートに書いてきた新入生

そうか
そうか

と

思いつつ

むくむくと
闘志がわいてくる

このままで
時間を過ごさせてなるものか

その凍ったこころ
なんとかして
溶かして
やがて
火をつける

それを
ここからの
仕事としよう

物語の終わり

「私のパートナーは
恋愛の相手は
もしかしたら
この世に
いないのかもしれませぬ」

ため息する少女の瞳

恋愛の流れを
心の動きを物語ってきた
長い歴史が最終回を迎える
かもしれないと

いつか
「人は昔　恋愛という奇妙な
　経験をしていたんだよ」

地中の石版だけが語るときが
くるやもしれぬと

そう感じさせるほどに美しい

それでも
あたらしい春は
あたらしい　アダムとイブを生み出し

この少女も
「もしかしたら
　この相手では　ないかもしれませぬ」
となるのだろうが

恋愛3段活用

1段目はどきどき
受け入れられることだけ
好かれることだけで
とにかく　ゴール

相手の胸元に入ったぞ

2段目は
オシクラ饅頭
自分らしく　相手らしくと
境界線を　おしあいへしあい

今日　ふくらませたら
明日　へこむ

かちまけではないけど
なんだか　負けられない

そして　3段　最後の手順

安定の中で　次のドア
とどまるか　すすめるか

相手の胸にドアがあり
一人の時間にドアがあり
遠くのだれかにドアがあり

つぎに　あけるのは　どの　ドアにする
選ぶことは　捨てること
進むことは　離れること
決断という名の　ラストダンス

だいすきなひとのこと

手相を見せながら
少年は語る

だいすきなひとのこと
わすれることができない

どんな忠告も
その火を消せない
だから
すきなんだ

傷つくことなんか
平気なんだよ

自分に　聞かせるように
少年は
涙にまみれて
勝利のない
戦いに向かっていく

ほんとうに
勝てないんだよ
ほんとうなんだ

そういいながら

いいかげんな手相見は
いいかげんな
ため息をつくばかり

（ほんとうなんだよ）

醤油

長崎の醤油

刺身によく合う
生卵にでも旨かろう
おかゆに足せば
米の甘味を
ひきたてる

醤油の味は風に似て

反射で
つかまえるのが精一杯

醤油の味は風に似て
触れる何かを　変えてゆく
他のなにかをひきたてて
はじめて醤油だ

素材を
いかしてこその
脇の舞台の王様だ

老師とその弟子

君は上手くなった
でも　守りに入っている
蕎麦打ちの世界で
有名になった弟子に向かって

老いてなお
力に満ちた師は

目を細めて
ビデオのなかから
しずかに伝えた

褒められる画面を
期待したのか
弟子は一瞬　呆けたが

しずかに
涙を流しはじめた

天才だと　名人だと
ほめちぎる　全てに背を向けて

崩す勇気が
必要なのだと
師は告げる

限られた人たちの
厳しい世界
美しい世界

極太饂飩「いずみや」

坂をおりて　交差点をわたると
すこしふるびた　角を曲がる

若い声が　きらきらとひびく
トンネルみたいな階段の先に
のれんひとつの　店構え

込み合った奥座敷
漆黒々　卓　つやつや

かれえうどん黄金汁のスキマ
バラの肉がはねる

ごくごく太い　極太うどん
限りなく正方形の断面

こちらの思惑など
おかまいもなく

右によれれば
どこまでも　よれていく

（うまれてからずっと
　右よりだと　きめてますから）

のど越しのつやなど
どこ吹く風の　強情な反発

運ばれて8分後の汁にも染まらずに
ただ小麦が香る　そんな　完了
大切な先生たちとの　幸せな昼下がり

IBARAKI　海岸　2013

都会なまりの若い女は　赤さびた髪で
海がくさいと　顔をしかめる
汚染水が入ったからねと
彼氏が　へらへら機嫌をとる

いいか　おまえら
おれが　こどものころからずっと
海は　この香りがしていたさ
それが嫌なら　さっさと帰れ

放射能汚染水が入ったからって

今この瞬間にも
垂れ流されているとして
それでも　海の悪口で
何かを済ますことは許さない

いままでずっと　頼りっきりで
尻拭いができないときには
なんでも　海に流し込んでは
忘れたふりして　平気でいたのに

それでも海はすべてを受け止め
みんなの親でいてくれた
かあちゃんでいてくれた
愚痴ひとつ　こぼすことなく

それでも
大津波の果ての魂だけは　叫ぶだろうが
ふざけんな　おまえら
俺たちの墓に　何するつもりだ

真の線

才能が描くとき
唯一無二の線だけがあるという
風景を　あらたなこころで
静かに見つめて
愛しい人を　穏やかに見つめて
ひたすらにその線を
探し移すこと

妥協なしに
求め続けることが
魅せられたものの使命だという

そういえば
カーブを曲がる軌跡について
レーサーがおなじことを言った気がする

見送る背中と

奇跡の3月1日

卒業式の演台から
その風景を眺める

会場を包む　暖かい光

何百という
とうさん　かあさんの　笑顔のとなりに

きんいろに光る
じいちゃん　ばあちゃん
ひいじい　ひいばあ

18年前
誕生を喜んだ笑顔で

招待状もなく　受付も通らずに

にこにこと　見守る

だから
今日のこの姿　見せたかったと
悔やむことはありません

ほら
そこで
ちゃんと見ています

ひとの本気の想いには
生も死もありませんね

においと許し

たとえば
自分の汗が
匂わないのは

自分が特別なんじゃなく
自分のにおいだから
許しているんだ

許すというのは
そこまで　できる

いやなところも
気にならないほど

そこまでで
許すことになる

常識範囲に存在すること
ハミ出るまでは認めるなんて

そもそも許しですらないものですよ

たとえどんなにみすぼらしくても
まずは今を許すこと
そしてそれから　変わること
自分にも他人にも　そういうルールだ

前提

自己ベストを尽くしてなお
それでも上がある
まだ　届いていない
という前提は
実は　とっても
つらいものだけれど

成功しても
失敗しても
強く自分に跳ね返る

そんな皮肉な
ものだけど

自分はまだ
本気を出していない
という脆い幻想より

はるかに　未来に近く
はるかに　粘り強くある

なによりも
自分の思い上がりを
叩き潰してくれる
大切なハンマーだ

まずはそう信じてごらん
その先にある
明日の朝日は　違う色して
貴方を励ましてくれるから

詩《うた》の声

生まれたての詩には
その声が無い
ならべたての言葉は
音をもたない

だからこそ

本の言葉が　同時に
あなたの言葉であり
万人の言葉になるための
ちからを持つ

だからこそ

こうして
あなたに届けること
そのことの
意味がみえてくる

もしも　詩が
あなたの唇に届いたら

一度でいいから　静かに
声に出してみてほしいのです

あなたの詩に　ひびきを
与えてやってくださいませんか

いつか　出会える　大事なひとへの
はるかに　深い　想いを込めて

成長記念日

幾つもの愛情がつながって
いのちのことばが連なって
そして　あなたがここにいる

祝福されて　ここにいる

悩みの朝にも
後悔の夜にも

決してそれを
わすれないこと

何かひとつを
成し遂げるため
ひとりひとりが
ここにいること

そのことを
何があっても
わすれないこと

全ての今日が
成長記念日

今日の自分を越える記念日

あとがき

ご無沙汰しております。
前回、本を出してから、かなり時間が過ぎてしまいました。
本の出ない理由を聞かれるたびに
受験生対応で忙しいと言い続けていました。
仕事を言いわけにして
それ以外のことについて動かないことを正当化していました。

他に何もしないことが、集中していることの証しのような
勘違いをしていました。

3月、担当していた生徒たちが卒業し
起こるべきことが起こりました。

現実が急速に色を失いはじめたのです。

一つの完了を迎えた安心感のなかで
他には何もしなかった事実が、はっきりと迫ってきました。

荒れ果てた畑を眺める農夫のような、その想いの重さは
ココロのほとんどのスイッチを切って
何日も過ごすことを私に強いたと記憶しています。
失望に似た時間が流れました。

それもまた、ただの逃避だと認めざるを得ず
いよいよ本当のおわりが匂ってきたときに
不意に次の扉があきました。
硬直した心象の裏側で
文字だけが、詩として動き出してきたのです。

個人的世界は、激烈な空虚を背景にその動きを止めましたが

その静止は終焉ではなかったのです。

想いを伝えたい懐かしい人たちが、どんどん遠くなるなかでも
それならば、それだけ強く打ち出せばよいのだと
いまの言葉たちは、躊躇なく迫ってきます。
わたしは、ただ、その言葉たちの励ましに、添っていこうと思います。

どうか、幸いが皆様と、ともにありますように。

髙野信也

髙野信也（たかの　のぶや）

昭和38年茨城県生まれ。クリスチャン。
現住所　〒311-1301 東茨城郡大洗町磯浜町8228-65

著書

『ミクロの森へ―コケの詩《うた》―』
（2004年初版／2008年第二刷　竹林館）
『かずのビタミン―つかれたココロに―』
（2005年初版／2008年第二刷　竹林館）
『愚者への贈り物―イエスよりかぎりなく―』
（2006年初版　教友社）
『朝霧の夢　夕焼けの地図』
（2008年初版／2010年第二刷　竹林館）
『ソラヨミ　ヒトコイ』
（2010年　竹林館）
『ギフト―キリストとの邂逅』
（2011年　竹林館）
『げんきになるまで』
（2011年　竹林館）
『まばたきデッサン＝情風素描＝』
（2012年　竹林館）
『昼下がりのキノコぞうすい』
（2013年　竹林館）

ポエム・ポシェット 33
◆
詩集　NEVER ALONE
2015年11月20日　第1刷発行
著　者　高野信也
発行人　左子真由美
発行所　㈱竹林館
〒530-0044 大阪市北区東天満 2-9-4 千代田ビル東館 7 階 FG
Tel　06-4801-6111　Fax　06-4801-6112
郵便振替　00980-9-44593
URL http://www.chikurinkan.co.jp
印刷・製本　㈱国際印刷出版研究所
〒551-0002　大阪市大正区三軒家東 3-11-34
© Takano Nobuya　2015 Printed in Japan
ISBN978-4-86000-320-3　C0192

定価はカバーに表示しています。落丁・乱丁はお取り替えいたします。